Winter- und Weihnachts-

geschichten und Gedichte

von

Andreas Petz

Bisher von Andreas Petz erschienene Bücher:

„Schneeflöckchens Traum und andere Kurzgeschichten"

„Der Schatz am Stöckichsee"

„Das Regenbogenschüsselchen – Märchen und Geschichten"

„Fridolin, der Fliegenpilz" (erscheint 2014/2015 im Karina-Verlag)

Vielen Dank an Doris Leupold und an Katharina Schwenk.

Andreas Petz

Winter- und Weihnachts-

geschichten und Gedichte

Bibliografische Information der Deutschen Nationalbibliothek:
Die Deutsche Nationalbibliothek verzeichnet diese Publikation in der Deutschen Nationalbibliografie; detaillierte bibliografische Daten sind im Internet über http://dnb.dnb.de abrufbar.

© *2014 Andreas Petz*

Herstellung und Verlag: BoD – Books on Demand

ISBN: 978-3-7347-3068-9

Inhaltsverzeichnis

1. Schneeflöckchens Kleid — S. 7
2. Die Herstellung der Schneeflocken * — S. 12
3. Ein seltsamer Dieb — S. 13
4. Der erste Frost * — S. 18
5. Nikolausstiefel — S. 19
6. Der Weihnachtsmann * — S. 22
7. Der Wunschzettel — S. 24
8. Heilige Nacht * — S. 27
9. Weihnachtliche Kinderaugen * — S. 28
10. Der kleine und der große Engel — S. 30
11. Wann ist Weihnachten? * — S. 32
12. Die weiße, weise Kerze — S. 34
13. Märchenhafter Winterwald * — S. 38
14. Weihnachtsengel — S. 39
15. Pferdeschlittenfahrt * — S. 46
16. Mutti küsst den Nikolaus — S. 47
17. Schneeballschlacht * — S. 51
18. Eine Riesentüte Bonbons — S. 52
19. Der Schneemann * — S. 55
20. Das ängstliche Schneeflöckchen — S. 56
21. Was ist's? * — S. 60

* Gedicht

Schneeflöckchens Kleid

An einem kalten Wintertag zogen am Himmel viele Wolken über das Land. Hoch aufgetürmt schwebten die grauen Riesen gemächlich über den Winterhimmel.

Als das Land anstieg hätten die Wolken höher steigen müssen, aber wegen ihrer schweren Last konnten sie das nicht. So gingen sie dazu über sich von Teilen ihrer Last zu trennen, damit sie aufsteigen konnten.

So kam es, dass unter vielen anderen ein kleiner Wassertropfen aus der Wolke fiel. Kaum war er aus der Wolke gefallen veränderte sich sein aussehen. Der Wind wirbelte den kleinen Wassertropfen hoch und runter. Da es sehr kalt war wuchsen ihm dabei sechs herrlich glitzernde Arme und er bekam ein prächtiges weißes Kleid. Aus dem Wassertropfen war eine wundervolle Schneeflocke geworden.

Die Schneeflocke betrachtete ihr Kleid und rief begeistert:

„Herrlich! Ach was ist das doch für ein wundervolles weißes Kleid. Juhuuu!"

Mit diesem Jauchzer begann das Schneeflöckchen sich zu drehen. Es tanzte zusammen mit vielen anderen Schneeflocken auf und ab. Der Wind spielte eine zauberhafte

Melodie dazu, erst einen ruhigen Walzer, dann ein eher rockiges Lied.

Das Schneeflöckchen tanzte voller Begeisterung und ließ sein Kleid herum wirbeln.

Nach langem Tanz war es genauso müde geworden wie der Wind. Der Wind blies langsamer und das müde Schneeflöckchen schwebte sanft Richtung Erde.

Auf einem grünen Tannenzweig fand es ein gemütliches Plätzchen. Auf zwei Tannennadeln legte es sich zur Ruhe und machte es sich bequem.

Noch einmal sagte es voller Bewunderung: „So ein schönes Kleid!", dann schlief das Schneeflöckchen ein. Am nächsten Morgen, das Schneeflöckchen war gerade aufgewacht, näherte sich ein Mensch dem Tannenzweig. Er hatte einen schwarzen Fotoapparat in seinen Händen und als er das Schneeflöckchen entdeckte machte er von ihm viele Aufnahmen.

Voller Stolz sagte das Schneeflöckchen: „Ist das nicht ein wundervolles Kleid das ich trage?" Aber der Mensch konnte das Schneeflöckchen nicht hören. Noch einmal drückte er auf den Auslöser seiner Kamera, dann ging er davon.

„Sogar den Menschen gefällt mein Kleid", sagte das Schneeflöckchen voller Stolz vor sich hin.

Dann wurde es wieder müde und begann gähnend in seinen langen Winterschlaf zu gleiten.

So schlief es eine lange Zeit.

Eines Tages spürte das Schneeflöckchen warme Sonnenstrahlen. Es erwachte und betrachtete gleich wieder sein herrliches Kleid. Doch was war das? Das Kleid begann zu verschwinden. Je stärker die Sonnenstrahlen wurden umso durchsichtiger wurde das Kleid. Dem Schneeflöckchen wurde mulmig zumute, es konnte sich nicht mehr an den Tannennadeln festhalten und als Wassertropfen fiel es zur Erde.

„Mein schönes Kleid", weinte es gerade noch, da ging es auch schon hurtig weiter. Zusammen mit vielen anderen Wassertropfen kullerte es einen Hang hinunter und in einen Bach.

Das Wasser im Bach war ganz braun und das „Schneeflöckchen" jammerte: „So ein schönes weißes Kleid hatte ich! Und nun bin ich ganz schmutzig."

Viele Tage lang dauerte die Reise. Zuerst ging es im Bachbett durch tiefe Täler mit mächtigen Felsbrocken, dann durch dunkle Wälder, später durch grüne Wiesen. Dann ging es eines Tages in einem großen Fluss weiter und immer wieder dachte das „Schneeflöckchen" aus dem nun ein Wassertropfen geworden war an die Zeit zurück in der es noch ein wundervolles weißes Kleid trug.

So wanderte das „Schneeflöckchen" als Wassertropfen ins große weite Meer wo es viele Tage verbrachte. Traurig ließ es sich treiben und wünschte sich das schöne weiße Kleid zurück.

Eines Tages brannte die Sonne ungeheuer heiß vom Himmel. Dem „Schneeflöckchen" wurde ganz mulmig zumute und es dachte bei sich: „Ist das nun das Ende? Werde ich nie mehr mein weißes Kleid tragen?"

Es wurde ihm ganz schwindelig und plötzlich stieg es hinauf in die Luft. Immer höher und höher ging es, bis es hoch oben am Himmel mit anderen zusammenstieß die sich hier schon versammelt hatten. Es war in einer Wolke angekommen.

Ein kräftiger Wind begann plötzlich die Wolken wie eine Herde Schafe vor sich herzutreiben.

Das „Schneeflöckchen" betrachtete vom Himmel oben das Meer und schließlich die Erde und sagte: „Schön ist es hier ja, aber ich vermisse mein weißes Kleid."

Eines Tages, die Wolkenreise dauerte schon ziemlich lange, da wurde es immer kälter. Irgendwie kam dem „Schneeflöckchen" die Situation vertaut vor und ja, da, plötzlich ließ die Wolke es fallen. Der Wind wirbelte es auf und ab, ihm wuchsen sechs Arme und es bekam ein wundervolles, neues weißes Kleid.

„Juuuhuuuh!", rief das Schneeflöckchen. „Ich habe mein wunderbares weißes Kleid wieder!"

Mit diesen Worten stürzte es sich in das Tanzgewimmel und tanzte wie noch nie zuvor. Es tanzte so lange bis es hundemüde aber unendlich glücklich in sein Bett sank.

Die Herstellung der Schneeflocken

Schneeflocken herzustellen, das ist schwer
und doch verlangt die Welt nach mehr.
Deshalb müssen Engel, Kobolde und Elfen
bei der Schneeflockenherstellung helfen.

Im Himmel und am Nordpol oben
sind alle am schuften und am toben,
gießen Wasser in klitzekleine Formen
verschiedener Arten, ganz ohne Normen.

Schnell werden diese schockgefrostet
ich möchte nicht wissen was das kostet!
Koboldkinder klopfen sie sodann heraus
und prüfen die Flocken; wie schauen sie aus?

Sind die Kanten gar zu scharf
werden sie, ganz nach Bedarf
abgeschliffen mit einer feinen Feile
und das dauert eine ganze Weile.

Erst wenn sie die Kontrolle bestehen
können sie auf die Reise gehen.
Sie werden verpackt, geschützt durch Wolle
und Kissenweise verschickt an die Frau Holle.

Ein seltsamer Dieb

𝓔s war einmal vor langer, langer Zeit mitten im Winter, da begab sich ein merkwürdiges Ereignis. Das war im Haus eines englischen Lords, der viele Bedienstete hatte.

Am frühen Morgen stand die Magd auf um Feuer zu machen damit die Wohnräume des Lords bei seinem erwachen angenehm warm waren. Hierzu hatte sie am Abend vorher neben jeden Ofen einiges Holz sowie eine bestimmte Anzahl Eierbriketts gelegt. Aber, was musste sie entdecken? Bei einem Ofen fehlten zwei der Eierbriketts.

Die Magd war sehr erstaunt, war sie sich doch sicher an jeden Ofen die gleiche Anzahl an Eierbriketts gelegt zu haben.

Als der Lord später wach wurde meldete ihm die Magd dass in der Nacht von einem unbekannten Dieb zwei Eierbriketts gestohlen worden waren.

Der Lord war darüber zwar etwas verwundert, heimlich dachte er jedoch dass die Magd sich sicher verzählt hätte.

Er saß noch beim Frühstück als plötzlich seine dicke Köchin in den Essensraum stürmte, sich vor dem Lord aufbaute, die eine Hand in ihre Hüfte stemmte und mit der anderen, in der sie einen großen Kochlöffel hielt, in der Luft herumwirbelte wie ein Kapellmeister. In dieser Pose rief sie wie ein General: „In diesem Hause wird geklaut!"

Der Lord stellte zunächst gemächlich seine Teetasse auf den Tisch und fragte die Köchin: „Was wurde ihnen denn gestohlen?"

„Eine Karotte!", rief die Köchin empört. „Ich hatte gestern Abend acht wunderschöne Karotten auf den Küchentisch gelegt. Sie waren für den Eintopf heute Mittag bestimmt und nun fehlt eine."

Der Lord hätte beinahe laut herausgelacht, er unterdrückte das Lachen mühsam und fragte die Köchin: „Und sonst fehlt nichts?"

„Nein", antwortete die Köchin überrascht, „ist das denn nicht genug? Zuerst ist es vielleicht nur eine Karotte und dann …", sie überlegte verzweifelt, aber ihr viel nichts ein was ein Dieb wohl als nächstes stehlen könnte. Der Lord befreite sie aus dieser Lage indem er sagte: „Nun, so kommt eben eine Karotte weniger in den Eintopf."

Wutschnaubend verließ die Köchin den Essensraum, den Kochlöffel wedelte sie immer noch drohend über ihrem Kopf. Wehe dem Dieb.

Der Lord wollte soeben zur Zeitung greifen als seine Schwiegermutter den Raum betrat und den Lord mit undeutlicher Stimme fragte: „Haft du mein Gebiff gefehen? Ef ift fpurlos verfwunden." Der Lord runzelte die Stirn, was war denn heute morgen nur los?

„Nein verehrte Schwiegermama, ich habe dein Gebiss nirgends gesehen." Und mehr so zu sich selbst murmelte er: „Vielleicht hat es ja der Karottendieb gestohlen damit er sie besser beißen kann." Bei diesem Gedanken musste er schmunzeln.

Die Schwiegermutter hatte sein Schmunzeln nicht gesehen und auch nicht gehört was er murmelte, denn sie war schon wieder zur Türe hinaus.

Doch auch jetzt konnte der Lord nicht wie gewohnt zur Zeitung greifen, denn sein Knecht kam zur Türe herein und sagte: „Eure Lordschaft, der Besen ist weg!"

„Ja, aber gerade war er noch da und suchte nach seinem Gebiss.", meinte der Lord.

„Nein", sagte der Knecht in ernstem Ton, „der Reisigbesen zum kehren. Er steht immer im inneren des Hauses neben der Türe, aber nun ist er weg."

„Merkwürdig", sagte der Lord, „sehr merkwürdig! Welcher Dieb klaut denn solche Sachen?"

Aber er dachte nicht länger darüber nach. Der Knecht ging wieder hinaus um nach dem

Reisigbesen zu suchen und der Lord begann endlich in der Zeitung zu lesen.

Als er die Zeitung fertig gelesen hatte rief er seinem Butler: „James, bringe mir meinen Mantel, die Handschuhe, den Schal und meinen Zylinder." Der Butler machte eine Verbeugung und ging um die Sachen zu holen. Als er zurückkam hatte er nur den Mantel und die Handschuhe dabei und sagte: „Euer Lordschaft, ich bin untröstlich, aber der Schal und der Zylinder sind weg."

Der Lord schaute seinen Butler erstaunt an und fragte: „Wie, weg!" Der Butler hob die Schultern und antwortete: „Verschwunden! Gestern noch waren Schal und Zylinder an der Garderobe und heute ... sind sie weg, einfach weg."

"Also nun reicht es!", rief der Lord, zog den Mantel und die Handschuhe an und sagte: „Nun gehe ich zur Polizei. Die muss das untersuchen." Er ging aus dem Haus und kaum hatte er die Haustüre hinter sich zugemacht hörte man ihn wundervoll lachen, er lachte so laut und fröhlich das es im ganzen Haus zu hören war.

Schnell kamen alle Bediensteten und selbst der Besen, äh, Entschuldigung, die Schwiegermutter, um zu sehen warum der Lord dermaßen lachte.

Als sie die Türe öffneten stand da im Garten ein großer, weißer Schneemann. Als Augen trug er zwei Eierbriketts, eine herrliche, große Karotte bildete die Nase und darunter trug er das Gebiss der Schwiegermutter. Auf dem Kopf trug er den Zylinder des Lords und um den Hals dessen Schal. Der Reisigbesen steckte ihm in der Seite.

„Verhaften und abführen!", sagte der Lord als er sich soweit beruhigt hatte, dass er wieder reden konnte.

Der erste Frost

Bin heute Morgen aufgewacht
und habe so bei mir gedacht,
verändert schaut es draußen aus
die Wiese ist weiß hinter dem Haus.

Der erste Frost hat über Nacht
Blumen und Gräser starr gemacht,
hält sie gefangen fest und steif,
verzaubert sie mit rauem Reif.

Die Knospe dort, am Blumenbeet
hat umsonst um Sonne gefleht,
die Blütenblätter herrlich blau
tragen gefrorenen Morgentau.

An den Rändern weiß gezackt,
der Frost hat kräftig zugepackt.
Aus Wasser wurde heller Kristall,
in Garten und Wiese, überall.

Nikolausstiefel

„Hurra", rief die kleine Leonie als sie das fünfte Türchen an ihrem Adventskalender öffnete. „Morgen ist Nikolaustag! Uiii, da muss ich ja heute Abend meinen Stiefel vor die Türe stellen. Das darf ich nicht vergessen."

Sofort ging sie zum Schuhschrank um nach ihren Stiefelchen zu schauen. Als sie einen dieser Stiefelchen in der Hand hielt verzog sich ihr Gesicht zu einer unglücklichen Miene. „Oje, mein Stiefelchen ist sooo klein, da passt doch gar nichts rein. Und schmutzig ist es obendrein!"

Da fiel ihr Blick auf ein großes Stiefelpaar, das auch noch wundervoll geputzt war. „Das ist es", rief Leonie erfreut, „ich stelle einen Stiefel von Papa hinaus. Hmmm", überlegte sie dann, „warum eigentlich nur einen? Warum nicht beide? Der Nikolaus weiß doch bestimmt nicht, dass hier nur ein Kind wohnt."

Und so geschah es dann, am Abend stellte Leonie die blankgeputzten Stiefel ihres Vaters vor die Türe und freute sich schon erwartungsvoll auf den Nikolausmorgen.

Schon bald sprang sie am Nikolausmorgen aus dem Bett und sauste zur Haustüre und als sie die Türe öffnete ... tatsächlich, da standen die beiden großen Stiefel von ihrem Papa und waren prall gefüllt mit den herrlichsten Schleckereien.

„Yipiiieh!", rief Leonie, trug schnell die Stiefel in ihr Zimmer, leerte sie aus und stellte die beiden Stiefel ihres Vaters wieder in den Schuhschrank.

Der Nikolaustag ging dahin, Leonie war mit ihrer Mutter alleine zu Hause als es am Nachmittag plötzlich laut und schrill an der Haustüre klingelte. Leonie schaute aus ihrem Zimmer und sah wie ihre Mutter die Türe öffnete. Dann erschrak sie zutiefst, denn vor der Türe stand kein anderer als ... „Der Nikolaus", flüsterte Leonie und wurde blass im Gesicht. „Ob er es gemerkt hat?", fragte sie sich ängstlich.

Leonies Mutter führte den Nikolaus ins Wohnzimmer und rief: „Leonie, Besuch für dich!"

Am liebsten hätte sich Leonie irgendwohin verkrochen. Sie nahm all ihren Mut zusammen, ging ins Wohnzimmer und griff nach der Hand ihrer Mutter.

„Soooo", sagte der Nikolaus mit einer tiefen Stimme die eine gewisse Ähnlichkeit mit der Stimme ihres Vaters hatte, „du bist also die Leonie, dann wollen wir doch mal schauen ob du auch brav gewesen bist ...", der Nikolaus blätterte lange in einem dicken Buch, Leonie bekam ein furchtbar schlechtes Gewissen. „Ei, ei, ei!", brummte da der Nikolaus Kopf schüttelnd und plötzlich trat Leonie vor ihn hin und sagte: „Ja, Nikolaus, du hast recht! Ich bin im vergangenen Jahr nicht sehr brav gewesen und das mit den beiden Stiefeln tut mir leid. Ich habe die Rute verdient!" Sie drehte sich um, bückte sich und streckte dem Nikolaus ihren kleinen Popo entgegen, damit dieser seines Amtes walten konnte.

Dieser begann jedoch plötzlich sehr verlegen zu werden und sagte mit sanftmütiger Stimme: „Einsicht ist der erste Weg zur Besserung! Dreh dich einmal zu mir um." Leonie tat was der Nikolaus gesagt hatte. Sie schaute ihm mit Tränen in den Augen ins Gesicht.

„Wenn du schon einsichtig bist", sagte der Nikolaus, „ich glaube dann können wir auf die Rute verzichten. Meinst du es gibt nicht vielleicht einen anderen Weg um Reue zu zeigen?"

Leonie überlegte einige Zeit und meinte dann: „Ich könnte die Süßigkeiten an Lena weitergeben, ihre Eltern haben keine Arbeit und sie bekommt nicht oft etwas zum schlecken. Ich glaube sie würde sich sehr darüber freuen." Fragend blickte sie dem Nikolaus ins Gesicht. Dieser nickte und meinte: „Das ist eine sehr gute Idee und weißt du was? Ich komme mit, denn in meinem Sack sind auch noch ein paar Dinge für Kinder die es verdient haben."

Der Weihnachtsmann
(Kindheitserinnerungen)

*B*raven Kindern denen bringt er Geschenke,
doch wenn ich an meine Vergangenheit denke.
Nun, ich bin nicht immer brav gewesen
und so sollte er mir die Leviten lesen.

„Heute Abend kommt der Weihnachtsmann herein
und steckt dich in seinen großen Sack hinein!"
Diese Ansage erfüllte seinen Zweck,
denn ich bekam einen riesigen Schreck.

Um mich aus seinem Sack wieder zu befrei'n
tat ich eine Schere in meine Hosentasche rein.
Der Abend war sehr, sehr schnell gekommen,
die Schere hatte mir nicht die Angst genommen.

Durch die Scheibe zum Eingang sah ich in echt,
den Weihnachtsmann und seinen Knecht Ruprecht.
Seine Eisenkette klirrte gegen das Glas,
für mich war das überhaupt kein Spaß.

Ganz schnell ich im Wohnzimmer verschwand,
wo ich ein Versteck hinter dem Sofa fand.
Jedoch die Mutter hatte mich verschwinden sehen
und ruckzuck kam ich vor dem Weihnachtsmann zum stehen.

Ich dachte, das ist ein sehr schlechter Start
und fürchtete mich vor der Rute und dem großen Bart.
„Ho, ho, ho, was muss ich da hören?
Du bist nicht brav und tust andere stören!"

„Bist du jedoch zur Besserung bereit
gebe ich dir noch Gelegenheit."
Nun musste ich ein Gedicht vortragen,
mir war noch immer ganz flau im Magen.

Es wurden von mir noch zwei Lieder gesungen
und mir scheint, die sind mir ganz gut gelungen,
denn ich kam nicht in den Sack hinein
stattdessen gab es Geschenke fein.

Natürlich bin ich seit dem ein Engel
und nur die anderen Jungens sind Bengel
All diesen gebe ich hier den Rat,
es geht leichter mit der guten Tat.

Der Wunschzettel

"Kinder", sagte die Lehrerin der zweiten Klasse zu ihren Schülerinnen und Schülern, "ihr wisst ja, dass wir in vier Wochen Weihnachten haben. Ihr könnt mittlerweile schreiben und so habe ich für das Wochenende folgende Hausaufgabe für euch. Schreibt bitte für Weihnachten eueren ganz persönlichen Wunschzettel. Vergesst nicht euren Namen darunter zu schreiben und am Montag stecken wir alle eure Wunschzettel in einen großen Briefumschlag und schicken ihn dem Christkind."

Sofort begann unter den Kindern ein aufgeregtes Murmeln und als gleich darauf die Schulglocke das Ende der Schulstunde und damit das Wochenende einläutete wurde es so laut im Klassenzimmer, dass die Lehrerin regelrecht brüllen musste: "Ich wünsch euch allen ein schönes Wochenende!"

Schon rannten die ersten Kinder mit ihren Schulranzen unterm Arm in Richtung Türe. Die Lehrerin setzte sich auf ihren Stuhl und beobachtete mit einem Lächeln auf den Lippen den Vorgang. Solch eine Horde Rabauken, voller Energie und Tatendrang. Sie war froh, dass es ihr gelungen war ihren Unterricht so interessant zu gestalten, dass sie die Aufmerksamkeit der

Kinder bekommen hatte. Nun waren sie nicht mehr zu halten. Schnell leerte sich das Klassenzimmer und als die Lehrerin alleine war flüsterte sie vor sich hin: „Die Wunschzettel gehen natürlich an eure Eltern denn das Christkind gibt es ja nicht wirklich." Die Lehrerin hatte ihren Glauben, nicht nur an das Christkind, schon vor langer Zeit verloren.

Am Montag saßen dann 25 mehr oder weniger müde Kinder mit noch ziemlich verschlafenen Äuglein im Klassenzimmer. Mit einem großen Kuvert in der Hand ging die Lehrerin von einem Kind zum anderen und jedes Kind warf seinen Wunschzettel hinein. Manche Wunschzettel bestanden lediglich aus einem von einem Heft herausgerissenen Stück Papier, das mehrfach zusammengefaltet war, andere wiederum waren auf schönes, buntes Briefpapier geschrieben und ordentlich zusammengefaltet. Eine Schülerin hatte ihren Wunschzettel sogar liebevoll in ein kleines, buntes Briefkuvert gesteckt.

Als die Lehrerin alle Wunschzettel eingesammelt hatte klebte sie das große Kuvert vor den Augen der Kinder zu und steckte es in ihre Aktentasche.

„Ich schicke die Wunschzettel gleich heute Nachmittag los", sagte sie zu den Kindern und begann mit dem Unterricht.

Als die Lehrerin am Nachmittag zu Hause war, da öffnete sie das große Kuvert, denn sie wollte die Wunschzettel der Kinder an die Eltern weiter geben, damit diese wussten was ihre Kinder sich zu Weihnachten wünschten.

Dazu musste sie die Wunschzettel öffnen, um die Namen der Kinder lesen zu können. Hin und wieder fiel ihr Blick auch auf den einen oder anderen Wunsch. Es war erstaunlich, wie die Leistungen im Unterricht mit den Wünschen der Kinder überein stimmten. Kinder die nicht gerne lernten und im Unterricht oft Schwierigkeiten hatten wünschten sich zumeist Computerspiele, oder sogar schon ein Handy, die fleißigeren hingegen wünschten sich auch mal ein Buch.

Aber dann war die Lehrerin plötzlich sehr überrascht. Sie hatte 25 Schülerinnen und Schüler, aber im Kuvert waren 26 Wunschzettel. Sie hatte doch genau aufgepasst als sie die Wunschzettel eingesammelt hatte. Sollte sich eines der Kinder einen Scherz erlaubt haben?

Sie kannte die zum Teil noch sehr unsichere Handschrift all ihrer Schüler, der letzte Wunschzettel jedoch war in einer wunderschönen Schrift geschrieben. Keines der Kinder konnte das geschrieben haben. Schnell begann die Lehrerin zu lesen: „Ich wünsche mir zu Weihnachten, dass du wieder an mich glaubst! Das Christkind!"

Heilige Nacht

𝓗errlicher Duft von Tannengrün
lässt mich an Dich, Herr, denken,
lässt Liebe in meinem Herz erblüh'n
will sie Dir Herr, gern schenken!

Lichter auf vielen Kerzen
senden Hoffnungsstrahlen.
Ein Licht trag ich im Herzen
lässt auch mich Hoffnung malen.

Glöckchen die leis´ erklingen
tragen des Friedens Schall,
sanft wie mit Engelsschwingen
zu sämtlichen Menschen überall.

Ruhe und Stille die uns betören,
die Welt stoppt ihren eiligen Lauf,
man kann den Glauben wachsen hören
ach Weihnacht, höre niemals auf!

Weihnachtliche Kinderaugen

Kleine Kinderhände sie beben
weil Freude im Herzen brennt,
was wird das Türchen geben
vom Kalender im Advent?

Wenn Kindermünder singen
allein oder in großem Chor,
und Weihnachtslieder erklingen
schauen Engel hinter Wolken hervor.

Kinderaugen werden groß,
sehn sie den Weihnachtsmann,
wenn sie sich fürchten bloß
sind manchmal Tränchen dran.

Kinderhände klatschen sehr
erhört sind ihre vielen Bitten,
wenn Flöckchen tanzen mehr und mehr
und Zeit wird's für den Schlitten.

Kinderöhrchen lauschen still
wenn Glöckchen leis´ erklingen,
denn jedes Kind denkt: Ja, ich will
den Engeln zuhören wie sie singen.

Kinderfüße trippeln laut
wenn Mütter sagen: Ich denke
das Christkind hat vorbeigeschaut,
jetzt gibt es gleich Geschenke!

Offene Kindermünder staunen
sehn sie den Weihnachtsbaum
und ihre Seelchen raunen
es ist zu glauben kaum.

Wenn Kinderaugen leuchten
in einem hellen Schein,
mit Freudentränchen, feuchten
dann muss Weihnachten sein!

Der kleine und der große Engel

𝓔s war einmal in gar nicht so ferner Zukunft, da saßen der kleine und der große Engel auf einer wundervollen, weichen Wolke hoch oben am Himmel und schauten herab auf die Erde.

Sie hatten nicht viel zu tun denn alle Menschen auf der Erde waren glücklich.

Der große Engel sagte zum kleinen Engel: „Es ist doch schön wenn wir nicht so viel zu tun haben und den glücklichen Menschen auf der Erde zuschauen können."

„Ja", sagte der kleine Engel, „aber so wie du das sagst klingt das als wäre es nicht immer so gewesen. Gab es denn auch eine Zeit in der die Menschen nicht so glücklich waren?"

„Oooooh ja", sagte der große Engel, „die gab es. Und es ist noch gar nicht so lange her. Weißt du, früher waren die Menschen noch nicht so klug wie heute. Zwar wollten alle glücklich sein, aber sie hatten eine völlig falsche Vorstellung davon wie sie glücklich werden würden. Die Menschen versuchten das Glück mit aller Macht zu sich zu ziehen, sie wollten es für sich besitzen und merkten nicht, dass genau das es war was das Glück davon abhielt zu ihnen zu kommen.

Irgendwann begriff der eine oder andere Mensch, dass das Glück nur freiwillig zu solchen

Menschen kommt die anderen Menschen Glück und Freude schenken. Von da an begannen immer mehr Menschen damit anderen Freude zu schenken, andere glücklich zu machen und je mehr sie das taten umso glücklicher wurden sie selbst."

„Schööön!", seufzte der kleine Engel: „Es ist gut, dass die Menschen so klug sind!"

Wann ist Weihnachten?

Wenn ein Mann in rotem Mantel den Kamin
erklimmt
und es überall duftet, nach Lebkuchen und Zimt.

***

Wenn in allen Wohnzimmern Tannenbäume stehen
und überall sind Kerzenlichter zu sehen.

***

Wenn auf den Straßen Trompeten und Geigen
erklingen
und herrliche Chorgesänge durch die Lüfte
schwingen.

***

Wenn alle Menschen Geschenke verpacken
und Großmütter leckere Plätzchen backen.

***

Wenn Glühweinduft durch die Lüfte steigt
und jeder Mensch sich fröhlich zeigt.

***

Wenn auf den Tischen stehen Äpfel und Nüsse
und man erhält viele postalische Grüße.

Wenn man überall Wärme und Liebe spürt
und der Gaumen wird mit leckeren Plätzchen verführt.

***

Wenn Wünsche werden auf Zettel geschrieben
und ein ganz bestimmter Stern ist aufgestiegen.

***

Wenn der Lebensrhythmus langsamer geht
und der Wind Schneeflocken durch die Lüfte weht.

***

Wenn die Häuser erstrahlen im Lichterglanz
und zum Mittag gibt es gebratene Gans.

***

Wenn die Menschen an die Geburt des Kindleins denken
und sich gegenseitig aus Liebe schöne Dinge schenken.

***

Dann ist Weihnachten!

Die weiße, weise Kerze

*E*s war einmal vor noch gar nicht langer Zeit, da stand auf einem alten Wohnzimmertisch einsam und verlassen eine alte, weiße Kerze. Sie hatte schon viele Tage erlebt und schon unzählige dunkle Abende mit ihrem romantischen Licht erhellt. Die Kerze war sehr dick und das war auch der Grund warum sie zwar in der Mitte schon tief nach unten gebrannt war, ihr Rand jedoch bis hoch nach oben reichte.

Eines Tages stellte nun jemand einige neue Kerzen auf den Tisch. Diese neuen Kerzen hatten sehr unterschiedliche Formen und Farben.

Eine hatte die Form eines Sternes, sie hatte eine weihnachtlich rote Farbe und war außen mit goldenen Glitzersternchen beklebt.

Eine andere war kugelrund, sie hatte die Farbe von blühendem Flieder und strömte wenn sie brannte sogar denselben Duft wie blühender Flieder aus. Eine weitere Kerze trug eine wundervoll zarte, rosa Farbe und hatte die einzigartige Form einer Rosenblüte.

Die alte, weiße Kerze freute sich sehr darüber, dass sie nicht mehr alleine auf dem Tisch stand und begrüßte die neuen Kerzen mit einem freundlichen „Hallo!"

„Ach du lieber Himmel!", rief da die sternförmige Kerze. „Bleib bloß weg von mir mit deinem schmutzigen, alten Wachs. Wie kann man nur so hässlich sein und es wagen jemand so Schönen wie mich anzusprechen."

„Ja", mischte sich da die kugelrunde, fliederfarbene Kerze ein, „eine Zumutung ist das, hoffentlich vermischt sich dein Rauch nicht mit meinem wunderbaren Fliederduft wenn wir angezündet werden. Obwohl, vermutlich wird dich altes Ding gar niemand mehr anzünden."

„Hahaha", lachten die sternförmige und die fliederfarbene Kerze.

Die alte weiße Kerze wurde traurig und ließ den Docht hängen. Unterdessen sprach die sternförmige Kerze zu der Rosenblütenkerze: „Was meinst du denn dazu, dass man uns neben dieses hässliche Ding gestellt hat?"

„Ich?", antwortete die Rosenkerze überrascht, sie war sehr mit sich selbst beschäftigt und sagte in hochnäsigem Ton: „Fürchterlich finde ich das. Hoffentlich sieht das niemand."

So unterhielten sich die drei neuen Kerzen weiter und machten ihre Witze über die alte weiße Kerze.

Langsam wurde es dunkel und plötzlich kam jemand um die Kerzen anzuzünden.

Als erstes wurde die alte, weiße Kerze angezündet was unter den anderen drei Kerzen Empörung hervorrief. „Das darf ja wohl nicht wahr sein", rief die Rosenkerze.

„Unerhört!", rief die Fliederfarbene. „Wie soll da mein Duft zur Geltung kommen?"

Die Sternförmige meinte schmunzelnd: „Na ihr wisst doch; Alter vor Schönheit!" Und alle drei Kerzen amüsierten sich köstlich über diesen Witz.

Als alle vier Kerzen brannten konnte man die Flammen der drei Neuen wunderbar sehen. Die Flamme der alten Kerze war von ihrem hohen Wachsrand umgeben und so leuchtete sie im Gegensatz zu den neuen Kerzen nur spärlich.

Das war für die neuen Kerzen wieder ein Anlass über die alte Kerze zu lästern.

„Du bist eine Schande für uns Kerzen", begann die Rosenkerze, „schau dir nur an wie ich meine Blütenblätter zum leuchten bringe." „Ja wirklich", bestätigte die runde, fliederfarbene Kerze, „eine Schande! Schau nur", sie leuchtete besonders hell, „so bringt man Licht in die Welt und erst mein Duft, das mögen die Menschen."

„Und seht nur", meinte die Sternenkerze glücklich, „wie ich meine goldenen Sterne mit meinem hellen Leuchten zum glitzern bringe."

„Ich muss gestehen", meldete sich da selbstbewusst die alte Kerze, „euer Leuchten ist beeindruckend, aber glaubt ihr denn wirklich ihr werdet immer so schön leuchten? Auch ich hab einst bessere Tage erlebt und habe heller geleuchtet als ich das jetzt tue."

„Pfffiiii", machte da die Sternenkerze und sagte in sarkastischem Ton: „ES spricht!"

In diesem Augenblick kam ein Luftzug, der so stark war, dass die drei neuen Kerzen erloschen. Die alte Kerze, geschützt durch ihren hohen Wachsrand, flackerte etwas, brannte jedoch weiter und nun war es allein ihr Licht das den dunklen Raum erhellte.

"Oh", rief sie, „seht ihr? Was nützt euch nun all euere Schönheit? Erfahrung und Weisheit kann man vielleicht nicht sehen, aber sie sind sehr nützlich."

Und dann sagte sie freundlich zu den drei neuen, plötzlich verstummten Kerzen:

„Wenn ihr euch wieder an mir entzünden wollt, bitte sehr! Ich habe nichts dagegen, es könnte jedoch sein, dass ihr dabei ein wenig schmutzig werdet."

Märchenhafter Winterwald

Weiße Schneekristalle blüh'n
oben auf sattem tannengrün,
unten auf des Weges weißen Fluren
führen durch den Schnee gar viele Spuren.

Kahle Äste, schneebedeckt
sind bis hinauf in den Himmel gereckt.
Einzelne Sonnenstrahlen blitzen
von kleinen Schneekristallenspitzen.

Schneekristalle rieseln leise
auf zauberhafte Art und Weise,
fallen wie Vorhänge von den Bäumen,
knistern wie in Liebesträumen.

Ein Vöglein, hab's wohl aufgeweckt
flattert von dannen, ganz erschreckt,
plötzlich befreit von dieser kleinen Last
fällt federnd der Schnee herab vom Ast.

Ich nehm' diesen Anblick auf in mir
weiß, dass ich ihn nie mehr verlier,
während es in meinem Kopfe erschallt
„Du herrlicher, märchenhafter Winterwald!"

Weihnachtsengel

Weihnachten rückte immer näher und näher und noch immer lag Martha, eine alte Frau im Krankenhaus. Ihr ganzes Leben lang war sie für ihre Kinder und Enkelkinder da, versorgte sie, nahm sich Zeit für sie, tröstete sie, ja sie nahm so manche Beschwerlichkeit auf sich um ihren Lieben das Leben zu erleichtern. Und sie tat das gerne, sie freute sich daran, ihre Kinder und Enkelkinder aufwachsen zu sehen und kein Opfer war ihr zu groß. Aber nun?

Das war etwas, das sie nicht verstehen konnte. Nun lag sie seit einigen Tagen im Krankenhaus und kein einziges ihrer Kinder und Enkelkinder kam zu Besuch, dabei war morgen Heilig Abend. Das erste Mal, dass Martha Weihnachten ganz alleine verbringen sollte.

Mit diesen Gedanken war Martha gerade beschäftigt, als sich die Zimmertüre öffnete und ein Krankenpfleger und eine Krankenschwester ein weiteres Bett herein schoben. Auf diesem Bett lag, tief versunken unter der Bettdecke ein kleines weinendes Bündel.

Wortlos und eilig verließen der Krankenpfleger und die Krankenschwester das Zimmer wieder und Martha blieb mit dem weinenden Bündel alleine. Immer wieder hob sich unter schluchzen die Bettdecke plötzlich hoch, nur um dann jammernd wieder zusammen zu sinken.

So ging das eine ganze Zeit. Martha konnte wegen ihres gebrochenen Oberschenkels nicht aufstehen und zu dem weinenden Bündel gehen um es zu trösten.

Aber als das Weinen und Schluchzen etwas weniger wurde, da versuchte Martha mit Worten das weinende Bündel zu erreichen: „Hallo? Ja wer ist denn da?", fragte sie in den Raum. „Was hat man mir denn da ins Zimmer geschoben? Ein weinendes Bett?"

Unter der Bettdecke wurde es plötzlich ruhig, das Weinen hörte auf und einige Zeit später hob sich die Bettdecke etwas an und das verweinte Gesicht eines kleinen Mädchens schaute neugierig darunter hervor.

Als das kleine Mädchen Martha erblickte verschwand es zunächst etwas verschämt wieder unter der Bettdecke. Martha richtete sich etwas auf und sagte ruhig zu dem Mädchen: „Weine ruhig! Du brauchst dich der Tränen nicht zu schämen."

Langsam, ganz langsam hob sich die Bettdecke erneut, das kleine Mädchen blickte mit traurigem Blick darunter hervor und fragte mit weinerlicher Stimme: „Hast du denn …", ein Schluchzen unterbrach den Satz, doch dann begann das kleine Mädchen erneut, „…hast du denn auch schon mal geweint?"

Martha musste schmunzeln und antwortete: „Ach je! Ich glaube wenn man die Tränen alle gesammelt hätte die ich in meinem Leben geweint habe, dann könnte man einen ganzen See damit füllen. Aber", fuhr sie nach einer kleinen Pause etwas verträumt fort, „es waren auch viele Freudentränen darunter."

Dann fragte Martha das kleine Mädchen: „Was ist denn der Grund warum du so geweint hast?"

„Meine Mami und ich", antwortete das Mädchen, „hatten einen Autounfall. Ein anderes Auto ist in unser Auto gefahren und meine Mami wurde sehr verletzt und wird nun operiert."

„Oh je!", antwortete Martha ernst. „Das ist natürlich schlimm. Und du? Wurdest du auch verletzt?"

„Nur ein wenig", sagte das kleine Mädchen, zeigte auf einen Verband an ihrem Arm und begann wieder zu weinen. Weinend schlief das kleine Mädchen ein und Martha sagte vor sich hin: „Ja, schlafe, kleines Mädchen, schlafen tut dir gut."

Als das kleine Mädchen wieder aufwachte saß eine junge Krankenschwester neben dem Bett. Sie sagte zu dem Mädchen, dass seine

Mutter die Operation gut überstanden hätte und sich nun lange Zeit gesund schlafen müsse.

„Kann ich irgendetwas für dich tun?", fragte die nette, junge Krankenschwester. „Soll ich dir vielleicht etwas vorlesen?" Aber anstatt auf die Frage einzugehen fragte das kleine Mädchen: „Hast du auch schon mal geweint?"

„Aber sicher", antwortete die Krankenschwester, „erst letzte Nacht habe ich geweint. Weißt du, eigentlich wollte ich über Weihnachten zu meinem Freund, denn er wohnt weit weg und wir sehen uns nicht oft, aber jetzt muss ich für jemanden einspringen und an Weihnachten arbeiten, das hat mich sehr traurig gemacht. Mein Freund hat kein Auto und auch nicht viel Geld, da er noch studiert und so kann er nicht herkommen."

Da sagte das kleine Mädchen: „Ich werde für dich beten, dass dein Freund an Weihnachten zu dir kommt und für dich werde ich beten", sagte sie zu der alten Frau gewandt, „damit deine Kinder und Enkelkinder dich besuchen kommen und damit du schnell wieder gesund wirst. Und dann werde ich noch für meine Mami beten damit auch sie schnell wieder gesund aufwacht."

Die alte Frau schaute daraufhin zum Fenster hinaus und die Krankenschwester verließ das Zimmer. Warum nur waren die Blicke der beiden so verschleiert?

Das kleine Mädchen tat wie versprochen und betete.

Ach! So einen Heilig Abend im Krankenhaus zu verbringen, das wünscht man weder den Kranken, noch den Schwestern, Pflegern und Ärzten, aber was will man tun.

Irgendwie ist man dort doch sehr alleine und eine frohe Weihnachtsstimmung will auch nicht so recht aufkommen.

Umso größer war die Freude bei dem kleinen Mädchen und der alten Frau als die junge Krankenschwester an Heilig Abend mit einem jungen Mann an ihrer Seite in das Zimmer kam und zu dem kleinen Mädchen sagte: „Ich danke dir! Schau…", sagte sie und deutete auf den jungen Mann, „dein Gebet hat geholfen, mein Freund ist tatsächlich gekommen. Eine Tante hat ihm zu Weihnachten Geld geschickt und so konnte er mit dem Zug herkommen."

Der junge Mann blieb im Zimmer und las dem kleinen Mädchen etwas vor. Die junge Krankenschwester schaute während ihrem Dienst hin und wieder herein.

Als es draußen dunkel wurde hörte man plötzlich vom Flur her viele Menschen reden. Kurze Zeit später ging die Zimmertüre auf und herein kamen Männer, Frauen und viele Kinder, sie hatten brennende Wunderkerzen in den Händen und trugen viele Geschenke herein.

Es waren die Kinder und Enkelkinder von Martha, der alten Frau.

„Hallo Mutter!" und „Hallo Großmutter!" und „Fröhliche Weihnachten!", rief es durcheinander und dann stimmten die Besucher ein Weihnachtslied an. Tja, da war es wieder mal soweit, die alte Frau hatte Tränen in den Augen.

„Mutter, wir wussten gar nicht, dass du im Krankenhaus liegst", sagte eine der Frauen, „warum hat uns denn niemand informiert? Wir wollten dich zuhause überraschen, da erzählte uns deine Nachbarin, dass du im Krankenhaus bist. Da sind wir ganz schön erschrocken und sofort her gekommen."

Nun ging es fröhlich hin und her und die alte Frau musste die vielen Geschenke auspacken. Nachdem die Besucher wieder gegangen waren war es unglaublich still im Zimmer.

Da sagte die alte Frau zu dem kleinen Mädchen: „Ich danke dir! Nun hat dein Gebet auch mir geholfen. Ich hoffe, dass es deiner Mutter genau so hilft."

Das kleine Mädchen antwortete ohne zu zögern: „Ja, da bin ich mir ganz sicher, dass das Gebet auch meiner Mami hilft. Nur, weißt du, die Weihnachtsengel haben zur Zeit sehr viel zu tun um allen Menschen ihre Wünsche zu erfüllen und da kann das schon mal etwas dauern, aber meine Mami muss eh noch etwas schlafen."

Auch das kleine Mädchen legte sich hin um zu schlafen und während es schlief, da beteten die alte Frau, die junge Krankenschwester und ihr Freund für das kleine Mädchen und ihre Mami.

Als das kleine Mädchen am nächsten Morgen erwachte saß ein Mann neben ihrem Bett. Mit einem Satz sprang das kleine Mädchen aus dem Bett und flog mit einem „Papppiiii!" dem Mann an den Hals. Dann trug der Mann das Mädchen aus dem Zimmer und sie besuchten zusammen die Mami des kleinen Mädchens. Auch dieser ging es schon viel besser.

Pferdeschlittenfahrt

Zwei Pferde ziehen den Schlitten über den Schnee,
vorbei am großen, tief zugefrorenen See
und wir nähern uns schon bald
dem herrlich zugeschneiten Märchenwald.

Die Luft vor Schneeflocken nur so wimmelt
und vorne bei den Pferden ein Glöckchen bimmelt.
Wir sitzen im Schlitten, mit einer Decke geschützt
mit Mantel und Handschuhen, die Köpfe bemützt.

Tief verschneit sind Wald und Wiese,
den Hintergrund beherrscht ein Bergesriese.
In der Dämmerung sind erste Lichter zu sehen,
vereinzelt sieht man Schneemänner stehen.

Im Schnee auf der Wiese tummeln sich Kinder
ist er nicht herrlich, dieser schöne Winter?
Der Schlitten fährt wie auf einem Gleis
hinweg geschwind über Schnee und Eis.

Die Pferde schnauben, befreit aus dem Stall
über uns glitzern die Sterne aus dem All.
Am Himmel leuchtet der volle Mond,
die Pferde werden mit Zucker belohnt.

Mutti küsst den Nikolaus

Die meisten Kinder freuen sich auf den Nikolaustag, zumindest die Kinder, die das Jahr über einigermaßen brav waren. Können sie doch in der Hoffnung auf Süßigkeiten, wie zum Beispiel herrlicher Schokolade, dem Nikolaustag entgegen sehen.

Entweder ist dann am frühen Nikolausmorgen das Stiefelchen vor der Haustüre mit wundervollen Leckereien gefüllt oder … der Nikolaus kommt, meistens am späten Nachmittag oder am frühen Abend, persönlich vorbei.

Kinder die weniger brav waren, bei denen kann es dann schon mal sein, dass ihnen am Nikolaustag das kleine Herzlein schnell pochend in die Hose rutscht und sie sich vor dem Besuch des Nikolaus außerordentlich fürchten. Denn der Nikolaus … weiß alles!

Nicht selten fragen sich Kinder die einige Unartigkeiten hinter sich haben, am Nikolaustag: „Woher weiß der Nikolaus das nur? Er war doch gar nicht dabei." Tja, es ist schon wundersam, wie diese Unartigkeiten den Weg in das dicke Buch des Nikolaus finden.

Melanie, ein kleines Mädchen das in einer großen Stadt wohnt brauchte sich zumindest in diesem Jahr keine Sorgen zu machen, soweit sie sich erinnern konnte war sie im vergangenen Jahr brav gewesen. Und so freute sie sich auf den Besuch des Nikolaus an diesem 6 Dezember. Ihre Mutter hatte ihr gesagt, dass sie keinen Stiefel vor die Türe stellen solle, denn der Nikolaus würde persönlich vorbei kommen. Woher die Mutter das nur wusste?

Na, egal. Jedenfalls freute sich Melanie auf den Besuch des Nikolaus und da sie wusste, dass der Nikolaus sich freute wenn sie ihm ein Gedicht vorsagte und ein Lied vorsingen würde übte sie noch einmal das Gedicht sowie das Lied, das sie im Kindergarten gelernt hatte.

Am späten Nachmittag war es dann soweit. Als es an der Haustüre klingelte war Melanie in ihrem Zimmer. Sie öffnete vorsichtig ihre Zimmertüre einen Spalt weit und schaute neugierig hinaus. Sie sah wie ihre Mutter die Haustüre öffnete und den Nikolaus herein ließ. Er hatte einen dicken Bauch, einen großen weißen Bart und einen langen roten Mantel an. Über seiner Schulter trug er einen prall gefüllten Sack, indem sich sicherlich viele wundervolle Süßigkeiten befanden.

Aber, was war das? Melanies Mutter beugte sich plötzlich über seinen dicken Bauch zum Nikolaus hin, zog sein Gesicht mit beiden Händen an dem großen weißen Bart zu sich heran und gab dem Nikolaus einen Kuss, mitten auf den Mund.

Melanie erschrak, was war das denn? Warum küsste ihre Mutter den Nikolaus? Wollte sie ihn besänftigen und gnädig stimmen? Aber Melanie war doch brav gewesen, so war das doch gar nicht nötig. Wenn das der Papa wüsste, oje, da wäre er bestimmt nicht einverstanden.

Melanie war ganz verstört als ihre Mutter sie ins Wohnzimmer rief, in welches sie den Nikolaus geführt hatte. Ganz skeptisch und mit einem unfreundlichen Blick musterte sie den Nikolaus von oben bis unten. Eigentlich sah er aus wie immer, auf dem Kopf die rote Mütze, eine dünne Brille auf der Nase, der weiße, lange Bart, der rote Mantel und schwarze Stiefel mit einem Muster an der Seite.

Moment mal, dachte Melanie plötzlich, der Nikolaus trägt die gleichen Stiefel wie Papa? Merkwürdig! Na das musste sie unbedingt dem Papa erzählen wenn er nach Hause kam.

Der Nikolaus blätterte in seinem dicken Buch und lobte Melanie mit seiner tiefen Stimme dafür, dass sie in diesem Jahr so brav war. Melanie sagte ihr Gedicht auf, sang das Lied, dass sie gelernt hatte und dann bekam sie aus dem Sack des Nikolaus wundervolle Süßigkeiten und sogar eine neue Puppe geschenkt. Darüber freute sie sich sehr.

Dann ging der Nikolaus wieder, denn er hatte noch sehr viel zu tun. Melanie spielte mit der neuen Puppe einige Zeit in ihrem Zimmer bis ihr Vater nach Hause kam. Dieser fragte Melanie dann auch gleich ob denn der Nikolaus schon da gewesen wäre und Melanie erzählte ihrem Vater vom Besuch des Nikolaus und den Geschenken die sie bekommen hatte.

„ ... und stell dir vor, Papi. Der Nikolaus hat dieselben Stiefel wie du", sagte Melanie und musste lachen, aber gleich darauf wurde sie sehr ernst. Ihr Vater war verwundert und fragte Melanie was sie denn habe. Zuerst war Melanie schweigsam, doch dann umarmte sie plötzlich ihren Vater und flüsterte ihm geheimnisvoll ins Ohr: „Ich hab gesehen wie die Mami den Nikolaus geküsst hat."

Aber merkwürdigerweise war ihr Vater gar nicht erstaunt und auch nicht böse sondern musste laut lachen. Dann sagte er in sanftmütigem Ton zu Melanie: „Och, weißt du, den Nikolaus, den darf die Mami ruhig küssen, das ist nicht schlimm."

Beruhigt aber doch Kopf schüttelnd ging Melanie wieder in ihr Zimmer, dort zog sie die Schultern nach oben und sagte laut: „Verstehe einer die Erwachsenen!"

Dann spielte sie wieder mit ihrer neuen Puppe.

Schneeballschlacht

Patsch! Getroffen, ohne lauten Knall,
von einem gut geworfenen Ball.
Er ist zwar nur aus weißem Schnee,
doch tut der Treffer dennoch weh.

Na warte, das kriegst du zurück,
schon nehme ich vom Schnee ein Stück.
Mit beiden Händen wird er wohlgeformt
und fliegt sehr gut, auch ungenormt.

Klatsch! Nun bist auch du getroffen,
deine Deckung, die war zu weit offen.
Da kommt schon der nächste Schneeball geflogen,
zum Glück hab ich mich rechtzeitig zurückgezogen.

Plötzlich kommen geflogen ganz viele,
jedoch, wir bieten keine guten Ziele.
Wir haben vor uns eine Mauer aufgebaut
und die hält sicher, - bis es taut.

Nun erfolgt in aller Schnelle
die Massenproduktion neuer Bälle
und auf Kommando greifen wir an,
unsere Gegner, die sind jetzt dran.

Ja, so eine Schneeballschlacht macht Spaß
solange keiner trifft eine Scheibe aus Glas.
Danach, das tut uns allen sehr gut
wird bei heißem Kakao und Plätzchen geruht.

Eine Riesentüte Bonbons

Eine Riesentüte Bonbons, ganz für mich alleine.

Denkste!

Naja, die Riesentüte Bonbons gab es schon, und eigentlich war sie wohl auch für mich gedacht, aber Mutter nahm sie in ihre Obhut und da ich mich nicht daran erinnern kann massenhaft Bonbons vernascht zu haben, gehe ich davon aus, dass auch meine drei älteren Schwestern der Gerechtigkeit halber etwas abbekommen haben. Der Schreck den ich ihnen zuvor versetzt haben muss rechtfertigt das wohl auch in gewisser Weise.

Was war passiert?

Es war Winter, ich selbst noch ein Dreikäsehoch und draußen war die Welt in ihre für die Winterzeit übliche weiße Pracht namens Schnee getaucht. Meine drei älteren Schwestern nahmen mich mit zum Schlitten fahren. Es war kein großer Berg in der Nähe, der für meine Anfänge im Schlitten fahren wohl auch zuviel gewesen wäre und so gingen meine Schwestern mit mir vorsichtig auf die andere Straßenseite gegenüber von unserem Haus. Dort war das Lagerhaus und vor dem Lagerhaus war eine große Freifläche mit einem kleinen Buckel.

Im Herbst fuhren dort die Bauern mit ihren großen Traktoren ihr Obst an, Äpfel und Birnen, aus denen Saft gepresst wurde.

Aber jetzt im Winter fuhr da niemand und so konnten wir gefahrlos mit dem Schlitten den kleinen Hügel hinunterschlittern.

Nach einiger Zeit kam dann aber doch ein einzelnes Auto, ein VW Käfer der genau auf der Strecke entlang fuhr die unser Schlittenberg war. Meine drei Schwestern standen auf der einen Seite mit dem Schlitten und ich auf der anderen. Nun war mir ziemlich bange und ich wollte unbedingt zu meinen Schwestern. Diese winkten entsetzt ab und riefen ich solle drüben bleiben. Aber das Auto schien mir noch weit weg und so rannte ich los.

Mitten auf der Fahrbahn rutschte ich jedoch plötzlich aus und lag in Fahrtrichtung des Autos auf der Straße.

Der Fahrer des Käfers hat vor Schreck gebremst, aber dadurch kam sein Auto ins rutschen und … rutschte so über mich hin, dass ich genau zwischen den Rädern lag. Das Auto kam zum stehen und ich ….ich lag gesund und munter genau unter ihm.

Vielen Dank an meine Schutzengel!

Nachdem mich der Mann, der sicher mit den Nerven fix und fertig war, unter dem Auto hervorgeholt hatte trug er mich nach Hause.

Meine Schwestern müssen ihm gesagt haben, dass wir auf der anderen Straßenseite wohnen. Er wollte unbedingt, dass ich mich von einem Arzt untersuchen lasse, aber nachdem meine Mutter mich abgetastet und ich ihr versichert hatte, dass es mir gut ging und mir nix weh tat meinte sie, das sei nicht nötig.

Der Mann verabschiedete sich, aber nach etwa einer halben Stunde kam er wieder. In seiner Hand die größte Tüte voller Bonbons die ich je gesehen habe.

Yeah, hat sich doch gelohnt! ☺

Der Schneemann

Dicke Beine und runder Bauch,
`nen dicken Kopf, den hat er auch.
Er hat `ne Macke, `ne Marotte,
als Nase trägt er `ne Karotte.

Doch was so gar nicht zu ihm passt
sind Arme aus `nem dünnen Ast.
Sein schwarzer Mund aus Kohlestücken
hat schon vom ersten Tag an Lücken.

Er weiß genau, er wird nicht alt,
denn s'gibt ihn nur so lang es kalt.
`Nen traurigen Schneemann kenn ich keinen,
denn ein Schneemann kann nicht weinen.

Ihm ist nie kalt und es ist banal,
dass man ihm gab `nen dicken Schal.
Als Kopfbedeckung `nen Zylinder,
das passt so ideal zum Winter.

Die Menschen sehen ihn gerne stehen,
jedoch im Frühling muss er gehen.
Mit Mühe haben die Kinder ihn gebaut
und er steht tapfer, bis es taut.

Das ängstliche Schneeflöckchen

Es war einmal in einem kalten Winter, da schwebten so kurz vor Weihnachten viele graue Wolken über das Land. Bisher war noch kein Schnee gefallen und nicht nur die Kinder, sondern auch die Erwachsenen warteten darauf, dass es schneien würde. Denn alle wünschten sich gerne weiße Weihnachten.

Die Welt sah einfach schöner aus, wenn die Bäume, die Häuser, die Felder und Wiesen mit herrlich weißem Schnee bedeckt waren.

Außerdem war es eine ganz andere Weihnachtsstimmung wenn man warm eingepackt durch knirschenden Schnee stapfen konnte oder wenn beim Besuch des Weihnachtsmarktes viele wundervolle Schneeflöckchen in ihren weißen Röckchen über den Himmel tanzten.

Hoch oben auf den großen Wolken, da tummelten sich tatsächlich viele große und kleine Schneeflöckchen. Sie hatten eine weite Reise hinter sich und waren schon sehr aufgeregt, denn bald würde es los gehen.

Was da losgehen würde? Nun, das wussten nur die Älteren unter ihnen, denn die hatten diese Reise schon öfter gemacht und so wussten sie was da bald geschehen würde. Die jüngeren

Schneeflöckchen hatten keine so rechte Vorstellung davon, was da bald geschehen würde. Aber da die älteren Schneeflöckchen sich darauf freuten konnte es ja nur etwas Schönes sein.

Aufgeregt plapperten die Schneeflöckchen auf der Wolke durcheinander. Immer wieder versuchten einige junge Schneeflocken mehr darüber zu erfahren, aber die Älteren wollten nichts verraten um den Jungen die Überraschung nicht zu verderben und so stellten die Jungen alle möglichen Vermutungen an.

Dann war es plötzlich soweit. Einige der älteren Schneeflocken sorgten dafür, dass am Rand der Wolke etwas Platz gemacht wurde und dann nahmen sie ein paar der jüngeren Schneeflocken an die Hand, nahmen Anlauf und sprangen einfach über den Rand der Wolke.

„Oooooh!" Ein Raunen zog sich durch die Schneeflöckchen auf der Wolke. Einige, die sich an den Rand wagten und hinunter schauten konnten sehen wie die Schneeflöckchen lustig und fröhlich am Himmel tanzten.

Dann sprangen noch ein paar weitere Schneeflocken hinterher und einige andere forderten die jungen Schneeflöckchen dazu auf ebenfalls von der Wolke zu springen.

Ein paar Mutige wagten das schließlich und weitere folgten ihnen. Manche, die sich nicht recht trauten wurden von einigen Älteren, Erfahrenen an die Hand genommen und dann sprangen sie gemeinsam.

So langsam begann ein regelrechtes Gedränge, immer mehr Schneeflöckchen stürzten sich mit einem fröhlichen Jauchzer in den Tanz am Himmel.

Aber ein Schneeflöckchen bekam Angst. Allein schon vom zuschauen schlotterten ihm die Knie. Es fühlte sich auf der Wolke geborgen und die Vorstellung nun einfach ins Nichts zu springen versetzte es in Panik.

Alle anderen Schneeflocken drängten vorwärts, aber das ängstliche Schneeflöckchen zog sich immer weiter zurück.

Nach und nach wurde es auf der Wolke einsamer. Als auch die letzten Schneeflöckchen gesprungen waren blieb es alleine auf der Wolke zurück. Da begann die Wolke sich plötzlich zu schütteln und das ängstliche Schneeflöckchen klammerte sich zitternd vor Angst mit aller Kraft an ihr fest.

Da grinste die Wolke frech und völlig unerwartet für das Schneeflöckchen drehte sie sich einfach um. Nun konnte sich das ängstliche Schneeflöckchen nicht mehr festhalten und fiel herab.

Aber kaum war es in der Luft, da kam ein fröhlicher Wind herangebraust und trug das Schneeflöckchen sanft über den Himmel.

„Keine Sorge!", sprach der Wind freundlich und begann damit, das ängstliche Schneeflöckchen herumzuwirbeln.

Nach und nach begann das Schneeflöckchen Freude an diesem Tanz zu empfinden und nun begann es selbst damit, sich zu drehen, herumzuwirbeln und begeistert über den Himmel zu tanzen.

Seine Angst hatte es völlig vergessen und nun tanzte es bis es total erschöpft und hundemüde war. Da ließ der Wind es sanft zur Erde gleiten und das Schneeflöckchen sank glücklich und zufrieden in sein weiches Bett.

Es gähnte noch einmal herzhaft und dachte: „Ich sollte in Zukunft einfach etwas mehr Mut haben und nicht mehr so ängstlich sein!"

Dann schlief es ein und träumte weiter von dem wundervollen Tanz am Winterhimmel.

Was ist's?

Hab keine Beine,
trag keinen Ranzen,
komm nicht alleine
kann herrlich tanzen.

Hab dafür 6 Arme,
wie ein Stern
mag nicht das Warme,
kalt hab ich's gern.

Bin ganz aus Eis
ich kleines Ding,
doch tanz ich mit Fleiß
wie ein Schmetterling.

Ich trag ein Kleid,
ganz weiß, oh schaut
doch nur kein Neid,
ich bin keine Braut.

Ich glitzere herrlich
im Sonnenschein.
Wird's warm verschwind ich,
das muss wohl so sein.

Du hast es sicher schon erkannt,
ganz tief in deinem Herzen drin
ich komm nur im Winter angerannt
weil ich ein kleines Schneeflöckchen bin.